15 kilos

Corine Dossa

TABLE DES MATIERES

Chapitre 1

Me, Myself and I
« La liberté, c'est l'harmonie entre le corps et l'esprit»
Gisèle Bündchen

15 kg ! C'est le poids que je venais de perdre lorsque, assise à ma table des convives, balayant la foule du regard pour tromper mon ennui, j'aperçus cette fille ! 15 kg ! Et je me trouvais là, fixant cette fille avec les yeux du loup de Tex Avery, comme à peu près la moitié des convives!

Ce fut mon premier déclic.

Cette fille, certainement une proche parente des mariés, aidait au service, et se déplaçait, telle une chatte, louvoyant sensuellement mais sans vulgarité aucune, entre les tables, et, tel un aimant, magnétisait nos regards qui ne pouvaient se détacher de sa silhouette.

Je dois dire, à ce stade de ma narration, que j'aime les femmes; je ne suis pas attirée sexuellement par elles, non; j'aime les regarder. Ces courbes sensuelles ou non, ces corps, sportifs ou non, ces défauts, petits ou non, je trouve que la nature a fait preuve de 1000 fois plus d'imagination (inventivité?) en créant le corps des femmes qu'en créant le corps des hommes! Lorsqu'un couple de danseurs évolue sur une scène, de danse ou de glace, mon regard reste obstinément fixé sur la femme. Et si, par exception, je dévie sur l'homme, c'est qu'alors, il s'agit d'un danseur hors pair! Son physique, à lui seul, ne pourrait me détourner de sa partenaire! Je suis prête, tout comme Julien Clerc, à chanter: Femmes, je vous aiiiiiime! Ces pleins, ces déliés, ces montagnes, ces vallons, qu'ont chanté tant de poètes, j'admire, je comprends, j'adhère!

Mais revenons à ma ronde et gironde inconnue : car, oui: elle était ronde! Un Botero, une bouteille de chianti, une guitare, ce que vous voulez...Elle incarnait, j'en suis sûre, le fantasme féminin de bien des hommes, mon fantasme de beauté féminine à moi en tout cas. Elle avait une démarche et un maintien qui proclamaient, assurément, son bonheur à vivre dans ce corps-là ! Et ce corps, avec ses pleins et ses déliés, c'était... le mien!... 15 kg plus tôt !

Au moment où cette évidence me frappait, je surpris le regard nostalgique de mon mari qui me confirma ce fait. Et je me retrouvais là, moi, qui cinq minutes plus tôt, était tellement heureuse de ma nouvelle silhouette qui entrait dans cette magnifique robe, piquée à ma sœur (mince), je me retrouvais donc à admirer cette inconnue, à baver d'envie devant ce corps que je trouvais superbe! Elle faisait à peu près la même taille que moi (1,60m) et je me disais: …non, c'est pas vrai! Cette belle inconnue, toute en rondeur … c'était moi! 15 kg en plus, mais oui, mais bien sûr ! Ces courbes à la Betty Boop sur un corps pas très élancé, cette poitrine et ces fesses généreuses, cette taille fine, c'était moi avant les plats protéinés, les cinq heures de sport hebdomadaires, les «Non, merci, je n'ai pas faim».

Je prenais conscience de ce fait et réalisais, parallèlement, combien c'était cocasse, quelle ironie! J'éclatai de rire sous l'œil éberlué de ma fille qui discutait avec sa cousine et à son regard interrogateur, je répondis tout simplement: «Tu ne peux pas comprendre! »

Ce n'est que le soir, allongée sur mon lit, et revivant la scène de l'après-midi, que je compris moi-même: cette fille, ce n'était pas vraiment moi. Ce qui m'avait frappé et avait attiré mon attention, ce n'était ni son poids, ni sa taille : non, ce qui m'avait éblouie, c'était le bonheur visible qu'elle ressentait à vivre dans son corps et sa certitude absolue de posséder un corps magnifique. C'était là la limite entre elle et moi. Telle était la barrière infranchissable entre elle et moi : l'acceptation totale et l'amour de son corps.

Ce bonheur-là, je ne le ressentais pas... ou plutôt,

non, je ne le ressentais plus. Car par le passé, j'ai été une Betty Boop, et j'ai aimé cela, passionnément, comme dirait Alain Afflelou ou je ne sais plus quel vendeur de lunettes, c'était avant...

Chapitre 2

Mon enfance

« Notre enfance, c'est la part la plus belle, la plus
profonde de nous-même, qui demande à être sauvée»
Reine Maloin

Avant de venir en France, mon pays d'adoption, j'ai
toujours été une petite fille un peu boulotte et même
quand mon oncle me chantait une chanson alors en
vogue au Bénin, pays dont je suis originaire, dont le
refrain disait: «Grosse comme une vache, ohé,
grosse comme une vache...», ça me faisait rire car je
n'avais aucun doute sur le fait que j'étais une jolie
petite fille. Je me l'entendais dire régulièrement, et,
telle une reine qui accepterait les hommages de ses
sujets, je prenais ce fait pour acquis et définitif.

De plus, j'aimais déjà danser, et, lors des réunions
familiales, je me donnais à fond sur la piste de
danse au milieu des adultes. Je récoltais, de très
nombreux compliments qui étaient toujours
précédés de l'adjectif «mignonne». Donc, tout allait
bien pour moi, merci.

A l'adolescence, alors que je rêvais d'avoir les jolis

petits seins ronds, en pomme de ma cousine Cécile, très vite apparurent deux protubérances qui n'étaient ni petites, ni en pommes, ni mignonnes. J'étais catastrophée et priais tous les soirs pour qu'à mon réveil, ces deux trucs aient disparu. Mais, hélas, mes prières demeurèrent vaines.

Ce qui me rendait l'acceptation de ces deux vilains corps étrangers impossible, c'était que, non seulement ils n'avaient qu'un lien très vague avec la poitrine rêvée de Cécile, mais, en plus, ils faisaient de moi une sorte d'extra-terrestre au milieu de mes camarades de classe; et aussi, et c'était pire que tout, ils attiraient sur moi les regards masculins! J'étais au collège, je n'avais que 12-13 ans, donc, absolument pas la maturité pour considérer ces regards autrement que comme des agressions. Je sentais confusément quelque chose de pas normal et de malsain, sans pouvoir définir exactement ce que c'était.

Quelques années plus tard cependant, alors que ma silhouette avait choisi sa forme définitive de bouteille de chianti, je m'y suis d'abord résolue, puis habituée, puis, j'ai commencé à apprécier l'ensemble.

Je me rends compte, aujourd'hui, que, dans la société béninoise ou même africaine dans laquelle je vivais, mon corps correspondait parfaitement aux canons (critères) de beauté: j'avais des seins, des fesses, et, pour relier le tout, une jolie taille fine. Je ne m'enorgueillissais pas, mais j'étais heureuse comme ça, et ne me posais pas plus de questions que ça. Je savais cependant, que j'avais de la chance et étais ravie. J'aurais sûrement continué ainsi, mais, à 15 ans, la situation politique au Bénin changea et je dus quitter mon pays natal pour la France. Et là....

Chapitre 3

Le Pays des droits de l'homme... mince!

«Un changement dans les circonstances extérieures de
notre vie ne peut être opéré que par la transformation de
notre corps»
Fox Emmet

Là, les choses se sont gâtées. Me voici donc en
France, pays, mythique, rêvé, pays où tout est beau,
et la vie ne peut qu'être belle!

Premier jour d'école, à part le fait que j'étais un peu
l'attraction de la classe eu égard à ma coiffure
sophistiquée et le fait que je débarquais au mois de
février, rien de notable, ah si quand même : je me
demandais comment faisait ma sœur (nous étions
dans la même classe) pour retenir le nom de tous les
élèves et les différencier les uns des autres ! Ils me
semblaient   tous   identiques,   totalement
interchangeables.

Il me fallut moins d'un mois pour remarquer,
cependant, qu'il y en avait une qui semblait à part :
une petite ronde à lunettes, avec de jolis yeux clairs,
très sympathique, qui semblait vouloir copiner avec
tout le monde : Rozenn.

Ils me semblaient tous interchangeables mais je reconnaissais quand même le couple star de la classe : Gwenaëlle et Philippe. Les autres étaient tous habillés pareil, ce que je ne comprenais d'ailleurs pas, car je venais d'un pays où l'uniforme scolaire était obligatoire. Puisque ces jeunes avaient le choix de leur garde-robe, pourquoi choisissaient-ils tous le jean ou le pantalon velours côtelé marronnasse ? Mystère ! Mais bon, je m'éloigne de mon sujet !

C'est avec Rozenn donc, que j'appris, ou plutôt déduit, qu'il valait mieux être mince pour côtoyer les Dieux (Gwenaëlle et Philippe) et, si on était ronde, alors, valait mieux être très sympathique pour rattraper cette inconvenance !

Je ne le savais pas encore, mais la graine du complexe venait de pénétrer la peau de mes rondeurs, et durant quelques décennies, tel un coucou, y fit son nid en prenant un soin méticuleux à détruire toute la bienveillance que j'avais pour mon corps.

Chapitre 4

Apprentissage express

« Le renoncement est le fruit de tout apprentissage»
Christian Bobin

En ce qui concerne les régimes et l'assimilation du modèle esthétique dominant en France, je fus un modèle d'intégration réussie. Moins d'un an après mon installation, j'entamais mon premier régime ; moins de 2 ans après, je commandais ma première pilule miracle (à base de choux ou ananas, je ne sais plus) ; et 3 ans plus tard ? Ouh la ! Je pouvais donner des cours sur le régime Atkins, le régime ananas, le régime dissocié et bien d'autres choses encore ! Quelques années plus tard, Sonia Dubois et Karl Lagerfeld (oui, les jeunes ! KL n'a pas toujours eu cette silhouette affûtée que vous lui connaissez!) étaient devenus mes héros !

Je connaissais par cœur le nom de tous les mannequins vedette des années 80 et 90 !

Mais quand je laissais mon moi intérieur parler, je devais reconnaître que ma préférée était Rosemary McGrotta que le magazine « Elle » encensait pour ses sublimes rondeurs...pour finalement la trouver canon quand elle perdit 10 kg !

Mais c'est quand même ce magazine qui contribua à me réconcilier avec mon corps quand la magnifique Tara Lynn fit la couverture du magazine dans sa belle combinaison blanche !

Nous avons tous besoin de rêver, bien sûr, et je suis la première à reconnaître que la photo d'une femme ordinaire, en une d'un magazine, avec un maquillage ordinaire et une tenue ordinaire ne provoquerait pas, chez moi, l'acte d'achat, soit !

Mais des couvertures avec des femmes aux rondeurs affirmées (pas les minces, taille 38 qu'on essaie de nous vendre pour des rondes) permettraient, j'en suis sûre, à des millions de femmes et d'adolescentes de se sentir mieux. Heureusement, Internet et les réseaux sociaux ont commencé à faire bouger les lignes. Mais là encore, on y trouve le meilleur comme le pire. L'information y circulant vite, la diffusion de certaines images peuvent être réconfortantes ou au contraire avoir des conséquences dramatiques.

Bien sûr, ces mannequins grande taille qui font 1,80m sont bien loin de la taille moyenne des françaises (1,62m), mais leurs rondeurs réduisent sacrément le fossé entre elles et la lectrice lambda.

Chapitre 5

Cinq sœurs

« Nous envions le bonheur des autres, les autres envient
le nôtre »
Publius Syrus

J'ai une question pour vous, les filles : combien
d'entre vous connaissent, dans leur entourage, des
filles dont elles envient la silhouette, alors même
que les heureuses propriétaires en sont insatisfaites?
On en connaît toutes !

Même les mannequins, silhouettes modèles que
nous imposent les magazines, sont complexées !
J'ai vu récemment une interview de Paulina
Porizkova, mannequin star des années 80-90 qui,
aujourd'hui, à la cinquantaine, feuilletant l'album
photo de sa grande époque, se demande encore
pourquoi elle était si complexée, alors qu'elle était,
en toute objectivité, canon ! Dans ma famille, nous
sommes cinq filles de la même mère : quatre ont des
constitutions de mince et moi, non. Mes quatre
sœurs ont hérité de la silhouette de leur père
(mince) et moi de celle de mon père (rond).

Trois de mes sœurs ont toujours été minces: leur

poids varie parfois, mais minces elles sont, minces elles restent ! Moi, je suis ronde et gironde, comme je me définis ; mon poids varie (beaucoup) au fil de mes régimes, mais je reste toujours ronde! Ma quatrième sœur, Marlène, mince de nature, donc, a fait... un régime grossissant et a pris une quinzaine de kilos pour acquérir la silhouette de ses rêves ! Alors même que je me serais damnée au même moment pour avoir la chance de posséder cette silhouette de liane !

Tout ceci m'a amenée à une conclusion : notre silhouette idéale est la silhouette dans laquelle nous nous sentons bien. Ok, déduction facile, je vous l'accorde, mais cet idéal est-il atteignable ? Observez la nature : sa variété est infinie ! Vous imaginez la tristesse s'il n'y avait qu'une seule variété de fleurs ? Observez les animaux: moi, j'adore les chats, prenons donc leur exemple. Il y a 80 races de chats répertoriées et au sein d'une même race, on a des différences. Certains chats sont plus ou moins grands, plus ou moins gros, plus ou moins poilus etc...Alors, pourquoi nous autres humains, devrions-nous nous conformer à un seul modèle ?

Faisons le choix, les filles, de vivre notre vie pleinement, complètement, arrêtons de traîner des complexes qui nous la gâchent, le mot important dans cette phrase est le mot : « choix » !

Comment en sommes-nous arrivées à donner une telle importance à nos complexes ?

Bien sûr, les fameux diktats de la mode sont réels, mais nous pouvons en sortir. Je suis la première à acheter les magazines dits féminins, mais maintenant, je regarde les stars et les mannequins qui y sont présentées avec beaucoup de distance, croyez, moi ! 5% ! C'est le chiffre à retenir ! 5% de la population adulte féminine peut se reconnaître dans les corps des mannequins en une des magazines féminins.

Là, je vais vous demander de faire deux exercices :

Exercice N°1 : Vous connaissez la série Desperate Housewives ? Elle a fait le bonheur de ma fille et moi pendant des mois et je n'en n'ai loupé aucun épisode ! Maintenant, sortez dans votre rue, ou alors, restez chez vous et pensez à toutes les femmes que vous connaissez ou avez l'habitude d'apercevoir dans votre rue. Je mets au défi quiconque d'entre vous de découvrir que sa rue est peuplée de sosies de Bree, Linette, Susan, Gaby, et Eddy. A moins d'habiter Beverly Hills, je suis sûre que vous ferez toutes choux blanc !

Le second exercice que je pratique de temps en temps est celui-ci : lorsque je tombe en arrêt devant une femme dont j'envie la silhouette, je me pose la question de ce que je serais prête à donner pour échanger ma silhouette contre la sienne. Plus précisément, je me représente l'image du génie d'Aladin qui se présenterait devant moi, prêt à exaucer mon vœux !c'est alors que mon enthousiasme retombe: je prends alors conscience du fait que je ne vois que la façade, je ne sais pas, au fond, de quoi est constitué ce corps. En apparence, il semble sympa, ok, mais qu'y a t-il derrière l'apparence ? C'est alors que j'en arrive, indubitablement, à faire le choix de conserver mon corps et donc, ma silhouette. Eux, je les connais et les maîtrise (du moins en partie), je peux avoir une influence sur eux, les améliorer, les apprivoiser.

Je me rappelle de cette femme, l'année dernière, rencontrée chez une amie. A peine entrée dans le joli studio de mon amie, moulée dans un joli pantalon blanc, je l'observais, me disant que, pour une femme de son âge (elle avait le même âge que moi) elle avait une chance folle ! Des proportions parfaites ! Je l'ai regardée avec je l'avoue un peu d'envie, jusqu'à ce que je découvre, en milieu de soirée (alors qu'elle changeait fréquemment de position, toutes lui semblant inconfortables) qu'elle souffrait d'atroces douleurs dorsales qui lui ont même valu d'être déclarée partiellement handicapée. Ces douleurs l'empêchaient de mener une vie normale et de travailler, Croyez-moi, ce soir-là, j'ai éprouvé beaucoup de reconnaissance envers mon corps potelé, peut être, mais en bonne santé, certainement.

Je me rends compte, de plus en plus, que je suis relativement heureuse de ce corps qui m'accompagne depuis toujours, que je connais assez bien, du moins la partie qui m'est révélée, et que, finalement, je ne suis pas prête à l'échanger contre un autre.

Chapitre 6

Les régimes

« Prenez soin de votre corps, c'est le seul endroit où vous serez obligé de vivre »
Jim Rolin

Tous ceux qui sont parvenus à ma connaissance, je les ai testés.Tous les printemps, depuis plus de 30 ans, j'ai acheté tous les magazines féminins et j'ai cru tous les témoignages de personnes affirmant que CE régime avait changé leur vie. Il en est des vêtements, comme des régimes : Il y a des modes :
La mode du régime Atkins
La mode du régime dissocié
La mode du régime Ducan
La mode du régime protéiné
La mode du régime 5/2
La mode du jeûne de 16h etc...
Puis, ceux qui reviennent ponctuellement, tel la soupe aux choux, qui te donne une haleine de cheval soit-dit en passant…

Weight Watchers eux, sont à la mode depuis plus de 50 ans. Je les remercie quand même, puisque, grâce à eux, j'ai appris que, s'obliger à finir son assiette alors qu'on est rassasié au lieu de jeter la nourriture restante à la poubelle revient à considérer son corps comme étant une poubelle, l'image m'est restée.

A l'heure actuelle, certains régimes ne concernent plus uniquement l'alimentation, mais s'érigent en véritables modes de vie :

Le paléo qui consiste à se nourrir comme le faisaient nos ancêtres du paléolithique qui, eux, heureux bonhomme devaient peut être se battre à main nue contre des bêtes sauvages pour pouvoir se nourrir, mais en échange n'avaient pas à monter sur une balance à impédance mètre pour connaître leur taux de graisse, vu qu'ils n'en n'avaient pas, ou alors, le strict nécessaire au bon fonctionnement du corps.

Le végétarisme dont les adeptes ne mangent pas de viande, à noter qu'il y a deux « familles » ceux qui mangent du poisson et des fruits de mer, et ceux qui bannissent aussi ces aliments.

Le végétalisme ou végan : en plus de refuser la viande, les poissons les fruits de mer et tout animal, ils ne polluent pas non plus leur estomac avec les sous produits issus des animaux : lait, œufs, fromage etc…

Et vous savez quoi ? Je crois à tous les régimes ; oui, vous avez bien lu : j'y crois, car, quel que soit le régime cité, il y a des personnes pour qui ça a fonctionné, pour peu qu'ils aient respecté les recommandations et qu'ils aient utilisé les bonnes stratégies. La plupart ont certainement repris leurs kilos, mais il y a une petite minorité qui a su maintenir son poids d'après régime; c'est pour ça que j'y crois, en dehors de toute considération médicale bien sûr !

Mais ces régimes n'ont pas marché pour moi : voilà ! Ils ne sont pas pour moi. Ils ont été parfaits pour d'autres, mais pas pour moi : c'est tout.

Chapitre 7

Un choix de vie

« Le bonheur ne s'acquiert pas, il ne réside pas dans les
apparences. Chacun d'entre nous le construit à chaque
instant de sa vie avec son cœur »
Proverbe africain

J'ai une admiration infinie pour les personnes qui
parviennent à faire d'un mode de vie alimentaire
unique, un mode de vie philosophique. Je parle de
ceux précédemment cités : les végétariens, les
végétaliens, les crudivores, les adeptes du régime
paléolithique etc...

Mais, pour ma part, même si j'ai caressé au moins
une fois l'idée d'embrasser un de ces concepts, il n'y
a rien à faire, épicurienne je suis, épicurienne je
reste ! Je veux bien mieux choisir les produits qui
constituent mon alimentation, aller vers une
alimentation plus saine, essayer, dans la mesure de
mon budget de choisir des aliments qui auront été le
moins possible en contact avec des produits
toxiques, mais je me garde la possibilité de
consommer de tout.

A propos du budget, on pense souvent que les
produits bio (bien que je n'aime pas trop ce terme

qui n'a pas de définition lisible, je préfère parler de produits sains) reviennent plus chers que les produits habituels, mais, faites ce simple calcul: listez tout ce que vous achetez pour votre alimentation lors d'une semaine type ; je dis bien TOUT. Vous serez surpris de toutes les choses inutiles que contient votre liste. Lorsqu'on commence à mieux choisir ses produits, il se passe cette chose magique qui consiste à n'inscrire sur sa liste que l'essentiel et beaucoup moins de choses superflues. Le coût de cette liste réduite de produits de qualité équivaut, pour moi en tout cas, à celui de la longue liste de produits industrialisés habituels.

Chapitre 8

L'œil à un million de dollars

« C'est posséder un trésor que de jouir d'une santé
parfaite »
Proverbe oriental

J'ai lu, dans un livre, cette histoire qui a retenu mon
attention : il s'agissait de l'histoire d'un homme qui
avait perdu la vue alors qu'il faisait ses courses dans
un supermarché : tout un étalage de boîtes de
conserves lui était tombé dessus et la conséquence
avait été la perte d'un œil. Je ne sais si l'histoire était
véridique ou si l'auteur l'avait inventée pour illustrer
son propos, et à vrai dire, peu importe : intéressons
nous plutôt à la raison pour laquelle il a parlé de
cette histoire. L'auteur de l'histoire parlait d'argent ;
plus précisément du fait que, parce-que nous
n'avons pas d'argent, nous sous-estimons souvent ce
que nous avons.

Cet homme, qui allait parfaitement bien, excepté le
fait qu'il avait des ressources financières plus que
limitées, se retrouvait, suite à cet incident en
possession d'une fortune d'1 million de dollars
payée par l'assurance du supermarché en guise de
dommages et intérêts. L'auteur posait donc cette

question : êtes vous prêt à échanger un œil ou tout autre partie équivalente de votre corps contre une grosse somme ?

Et la réalité qui sous tend cette question est celle-ci : si nous considérons qu'un œil vaut 1 Million de dollars et qu'il en est de même pour chaque organe de notre corps, imaginez la richesse que nous avons en nous : nous sommes littéralement des trésors vivants !

Nous, occidentaux, vivons vraiment dans une drôle de société : nous sommes en permanence en train de répertorier nos manques alors que nous pourrions faire le contraire et penser chaque jour, à nos avantages immenses !

Je le reconnais, ce n'est pas évident, il n'y a qu'à voir ce qu'on nous présente aux « informations ». Imaginez un extra-terrestre qui viendrait coloniser notre planète et regarderait le journal de 20h pendant une semaine : il s'en retournerait sur sa planète à lui, en courant, battant au passage tous les Usain Bolt de la Terre et priant pour que, jamais on ne lui impose de remettre le pied sur cette maudite planète !

Or, nous qui y habitons, savons bien qu'il n'y a pas sur notre planète, qu'un enchaînement de catastrophes. Nous sommes juste conditionnés à le croire; parce que, oui, les mauvaises nouvelles sont plus vendeuses ! On nous les sert donc à satiété… Mais la plupart d'entre nous le savons déjà, ça, non ?

Je peux concevoir que sur certains sujets, il faut faire des recherches poussées pour dénicher de bonnes nouvelles et, je vais, à ce propos, vous raconter une petite histoire. Au milieu des années 90, j'étais allée à Bournemouth, petite ville de la côte sud en Angleterre, qui a cette particularité d'accueillir beaucoup d'étudiants étrangers venus améliorer leur anglais. J'y étais donc là pour cette même raison.

Dans ma classe, nous étions une vingtaine d'élèves venant de tous horizons : européens, asiatiques essentiellement. Pour clôturer le stage qui avait duré un mois, nous devions présenter, en anglais, un exposé d'une quinzaine de minutes, portant sur le sujet de notre choix. J'ai choisi l'Afrique et ce qu'elle peut avoir de positif. J'ai parlé de solidarité, et du fait que, oui, il existait aussi une classe moyenne en Afrique. J'ai aussi parlé de corruption car, elle existait, faisait des dégâts immenses mais aussi que ce n'était pas l'apanage de l'Afrique, la corruption étant un mal universel.

J'ai parlé de la réaction de ma mère quand je lui ai appris que j'attendais un enfant : sa première réaction a été :

- Tu accouches en Juillet ? Je ne pourrai malheureusement pas être présente, je dépêche auprès de toi ta tante afin que ton bébé et toi soyez choyés. Elle te montrera les massages à prodiguer au nouveau né, te relaieras quand tu seras fatiguée, et te seconderas chaque fois que ce sera nécessaire.

 C'était la réaction normale d'une maman africaine. Il n'y avait là, rien d'extraordinaire.

Je leur expliquai que la présence de ma tante, après mon accouchement, avait été un vrai cadeau du ciel et qu'à mon avis, cette tradition devait, en partie, expliquer le peu de « Baby blues » en Afrique ;

A la fin de mon exposé, il se fit un grand silence. La plupart étaient choqués : « Ah bon ? C'était aussi ça l'Afrique ? Il n'y avait pas dans ce continent (UN CONTINENT!!!) que des catastrophes, des famines, des guerres, des pauvres à secourir ?

Et moi, qui avais commencé mon exposé sur un ton revendicatif, me suis apaisée car, prise à mon propre jeu, je réalisai que mes camarades de stage réagissaient en fonction de ce qui leur parvenaient des « infos » et c'était cette seule face sombre qui leur était montrée et était amplifiée.

Chapitre 9

Comme le chantait Brassens

« Quand on est con, on est con »
Georges Brassens

Je propose une loi pour mettre en prison tous ces gens qui vous accueillent par un : « Oh ! Tu as grossi ! »

Ça veut dire quoi ? Ils espèrent quoi ? Nous informer de quelque chose qu'on ignorait ? Et on devrait leur répondre «Oh, merci de me le faire remarquer ! Franchement, ni mon miroir, ni mes vêtements qui me boudinent, ni mon moral en berne ne m'avaient fourni cette information !!! »

Mais je reconnais qu'il a fallu qu'une amie (merci Magali!) me fasse remarquer qu'elle s'interdisait de faire la moindre remarque concernant le physique de qui que ce soit car elle n'en voyait pas l'intérêt, pour que je prenne conscience de la stupidité de ces remarques. Donc, les filles, s'il-vous-plaît, stop !

Quand c'est dit par une fille mince, on a envie de l'étrangler ! Quand c'est dit par une ronde, les pires sarcasmes nous viennent à l'esprit et aucun de ces sentiments qui font appel à nos plus bas instincts ne nous grandit !

Nous pouvons choisir de voir en nous ce qu'il y a de meilleur. Allez sur Youtube et vous tomberez sur des personnes (des héros pour moi), avec des handicaps qui à nous peuvent sembler très lourds et qui ont juste choisi d'être heureux. Nick Vujucic notamment est, pour moi, un exemple formidable. Quand je regarde une de ses vidéo, il se passe un phénomène étonnant en moi : mes kilos ? Quels kilos ? Je peux être, faire et avoir tout ce que je veux ! C'est chaque fois, ce qu'il me démontre de façon magistrale !

Chapitre 10

Les autres

« Nous ne pouvons contrôler la parole de certaines
personnes, ni comment elles nous traitent ; mais nous
pouvons contrôler comment nous y réagirons »
Inconnu

Pourquoi se sent-on si mal ? Pourquoi veut-on être
mince ?

Il s'agit, essentiellement du regard des autres.

Il y a cette femme que je rencontre de temps en
temps, grande, mince, mais une conne finie!
Chaque fois qu'elle me voit, son bonjour est le
même :

- Salut Corine, ça va ? Oh, tu as grossi toi ! Et ce,
avant même de m'avoir observée. Juste parce qu'elle
a la certitude absolue qu'elle est et sera toujours plus
grande et plus mince que moi ! Et ça, voyez vous
mes amis, ça lui donne le droit de me faire me sentir
de la merde face à elle !

Mais ça veut dire quoi ? Pourquoi être mince
donnerait-il le privilège d'être au dessus de tout, de
pouvoir mépriser, être méchant avec les autres qui
n'ont pas eu la chance de peser cinquante cinq

kilos ? Pourquoi être mince serait considéré mieux que d'être con, méchant, malhonnête, odieux ?

Pourquoi à son: «Salut Corine, tu as grossi !», n'aurais-je pas le droit de rétorquer: «Salut M....tu es toujours aussi conne ? »

Je pourrais le faire, mais, je serais considérée comme odieuse. Etre gros est considéré comme signe de mauvaise santé, alors qu'être mince est considéré comme un signe de bonne santé ; N'est-ce pas un peu réducteur? Pas de diabète, pas de cholestérol pour les minces ?

Pourquoi met-on toujours les personnes rondes dans une position où elles doivent se justifier ? Imaginez une fille mince dans la rue qui mange un gâteau, on n'y ferait même pas attention. La même fille, mais ronde, un gâteau à la main, eh bien, on a tout de suite envers elle des pensées négatives ! On l'a prend pour une faible qui n'a aucune volonté, on se permet de la juger, on s'improvise diététicien en imaginant tout ce qu'elle devrait faire et ne pas faire !!!

Allez sur n'importe quel forum parlant des Femmes rondes ou fortes ; on y trouve le pire, les racistes anti-gros se lâchent totalement, des gens se sentent autorisés à donner des conseils, d'autres à envoyer les pires insultes, on y trouve des remarques assassines, des flèches empoisonnées qui atteignent leurs destinataires et font un mal fou.

Certains prennent prétexte des risques de santé encourus par les personnes « en surpoids » et en profitent pour insinuer que leur laisser-aller revient cher à toute la société puisque nous cotisons tous pour la sécurité sociale, justifiant ainsi, leur méchanceté !

Attention ! Le surpoids est un vrai problème de santé publique et j'en suis parfaitement consciente. Mais dans ce cas, avouez qu'on fait preuve de plus de complaisance avec d'autres groupes de personnes tels les fumeurs ou les alcooliques non ? Malgré les campagnes anti tabac et les lois y afférant, dans un groupe de personnes, le fumeur sera généralement mieux perçu que la personne obèse. Des études ont prouvé que le sucre était bien plus addictif que le tabac, mais la personne en surpoids, elle, serait ce faible, incapable de se prendre en charge, de manger moins (ou d'arrêter de se goinfrer pour parler plus crûment), et de faire du sport (petit détail en passant : je suis celle parmi les cinq sœurs qui a toujours fait du sport et en a toujours fait plus que tout le monde) fin de l'histoire ! Ce serait une simple question de volonté. Je perds un minimum de 10 kg par an depuis 30 ans ; j'en suis donc aujourd'hui à moins 300 kg !

Je me rappelle d'une interview de Oprah Winfrey

dans le magazine « Elle » (oui, je sais, mais en plus de la nourriture, je suis accro aux magazines féminins). On lui présentait des photos représentant des périodes clé sa vie et elle devait les commenter. A un moment, on lui présente une photo d'elle, mince, la taille fine soulignée d'une large ceinture, et son commentaire a été quelque chose comme: « J'ai dû conserver ce poids... environ cinq minutes » !

Et j'ai éclaté de rire parce que je la comprenais parfaitement ! Ô combien je l'a comprenais! Ça m'est arrivé tellement de fois ! La dernière fois, en 2012. Suite à un séjour à l'hôpital pour une opération, j'ai dû jeûner pendant neuf jours. Je suis ressortie deux semaines plus tard, à la mi juin avec moins neuf kilos sur la balance. J'ai juré alors tous mes grands dieux que j'allais capitaliser à partir de cette perte inespérée ; et... trois mois plus tard, en septembre, la balance et mes vêtements indiquaient plus onze kilos !

Je me souviens de cette autre fois, où je venais de perdre onze kilos. Ce poids était mon premier palier sur un objectif visé de moins vingt kilos. J'étais tellement heureuse d'avoir atteint ce premier palier que je me suis offert une journée gargantuesque, m'emplissant de tout ce que j'aime pour fêter ma réussite et le fait que je MAÎTRISAIS enfin mon alimentation ! Que je contrôlais mes envies !

N'importe quoi ! Bien évidemment, il n'y eut pas d'autres paliers, pas à la baisse en tout cas !

Je me souviens de cet après-midi, sur le chemin d'un institut de beauté. J'avais investi une petite fortune pour des soins minceur. Juste avant d'y aller, je me préparais soigneusement une barquette de paëlla ou de couscous que je couvais amoureusement du regard, posé sur le siège passager.

Il faut préciser que je m'affamais depuis la veille au soir, dans l'attente de la pesée fatidique (ou salvatrice).

A peine descendue de la balance qui affichait évidemment un chiffre encourageant, vu que je m'étais affamée depuis la veille, toutes mes pensées se tournèrent alors vers ce mets délicieux qui m'attendait dans la voiture. Une fois la voiture démarrée, j'ai roulé sur les cinq cent mètres qui me séparaient de ce magnifique boulevard de la ville du Moule, j'ai garé la voiture, me suis installée sur un rocher face à cette mer sublime, et j'ai attaquée la barquette. Il n'y a pas d'autres mots pour décrire la gloutonnerie dont j'ai fait preuve alors. Je n'avais pas prévu de fourchette ; sachant d'avance que la fourchette serait bien incapable de suivre le rythme de ma gourmandise. J'ai donc mangé à la main.

Ce qui est drôle, c'est que j'étais propriétaire d'un

restaurant, c'était mon activité unique à l'époque. Je cuisinais la paëlla tous les mardis et le couscous tous les jeudis. Jamais cependant, absolument jamais, je n'ai mangé une assiette complète de ces deux plats en dehors de mes périodes de régime.

Je pouvais, éventuellement me servir une petite portion dans une assiette à dessert et ça me suffisait amplement. Rien à voir avec les barquettes king size que j'embarquais avec moi lors de mes jours de pesée.

Je me demande parfois quelle silhouette j'aurais et combien je pèserais aujourd'hui si je n'avais pas fait tous ces régimes. Le bilan actuel est de plus trente kilos en trente ans. Serais-je plus mince? Ou ai-je malgré tout, limité les dégâts ?

Chapitre 11

Faire un choix et l'assumer !

« Ah, Seigneur ! Donnez-moi la force et le courage de
contempler mon cœur et mon corps sans dégoût !
Charles Baudelaire

Quelle transformation attend-on lorsqu'on fait un
régime ? Et la question importante : de quoi a-t-on
le plus envie ? De cette silhouette rêvée ou de ce
moelleux au chocolat qui vous fait envie, là,
maintenant, tout de suite, paré de ses plus beaux
atours dans la vitrine du pâtissier ? On ne poserait
pas cette question à Madonna ou à Gwyneth
Paltrow ! On se dit qu'elles ont elles réglé
définitivement le problème ! Comme dirait le
personnage de Julia Roberts dans *Coup de foudre à
Notting Hill* : « Ça fait dix ans que j'ai faim ! »

Ce choix, il faut le faire tout le temps dans notre
Société où la nourriture est surabondante, la
tentation est à tous les coins de rue. Je dis ça, mais
quand je suis au Bénin, je suis autant tentée par
toutes ces vendeuses de rue qui proposent toutes la
journée, toutes sortes de délicieuses friandises,
sucrées ou salées.

Même si aujourd'hui, je suis, pour ma part, petit à

petit, revenue de cette envie de minceur, je peux comprendre que ce soit un besoin, source de souffrance pour certaines, notamment pour celles qui, par le passé, ont été minces et souhaiteraient retrouver cette époque bénie.

Maintenant, il faut faire la part des choses entre vouloir être mince et vouloir être LA plus mince !
En choisissant la deuxième option, vous partez perdante d'avance car il y aura toujours plus mince que vous. Il n'y a qu'à voir la dérive de certaines stars hollywoodiennes qui ont mincies jusqu'à perdre l'essence même de ce qui faisait leur charme.

Chapitre 12

Moi, en mieux

« Il n'y a pas d'autre bonheur que la paix »
Proverbe Thaï

Il n'y aura jamais qu'une seule vous. Le bon sens serait alors, je crois, d'arrêter de vouloir être Cameron Diaz ou Lupita Nyongo : échec assuré, mission impossible !

Mais se dire: je veux être moi, mais je veux aussi m'améliorer puis juger de son avancement selon des critères qu'on définit soi-même et non des diktats imposés par les autres.

Si on pense tout le temps à quelque chose jusqu'à ce que ça devienne une obsession, pourquoi ne pas y penser en faisant quelque chose pour que ça aille mieux. En mettant en route quelque chose pour que ça aille mieux, on apprend ainsi à gérer ses propres obsessions.

Essayez voir ! Personnellement, quand j'ai réussi à me traîner jusqu'à une salle de sport, une fois sur le tapis roulant ou sur le vélo elliptique, je suis heureuse et fière de moi. Bien-être total ! Quand je suis au cours de zumba ou de danse africaine, j'oublie tous mes complexes et je vis et profite pleinement du moment présent.

Nous avons tous quelque chose (autre que la nourriture) qui nous procure du bien être : que ce soit une activité artistique, culturelle, familiale, sportive ou autre. Cela semble bateau de le dire, mais il n'empêche que c'est vrai : quand on est dans ces activités qui nous plaisent, on ne pense pas à ses complexes. Une idée est donc d'augmenter la fréquence de ces activités !

La vie après tout, n'est qu'une succession de moments, alors, autant favoriser, chaque fois qu'on le peut, ces bons moments !

Chapitre 13

Genèse de ce livre

Je me suis déjà demandée si j'avais le droit moral d'écrire un livre sur un sujet aussi futile que les régimes et le mal-être occasionné par les kilos en trop.

J'ai longuement hésité puis je me suis lancée pour 2 raisons : la première, selon la formule consacrée du « Si ce livre aidait ne serait-ce qu'une personne à se sentir bien, j'aurai gagné mon pari » ; la deuxième raison est l'espoir que ce livre, en mettant le doigt sur la futilité de certaines préoccupations des personnes vivant dans les pays riches, puisse emmener à une prise de conscience, permettant de relativiser nos soucis et ainsi ouvrir les portes de la solidarité. Il est évident que lorsqu'on aide des personnes qui ont des besoins vitaux, nos aspirations esthétiques non atteintes nous semblent plus supportables.

Chapitre 14

La confiance en soi

« La confiance en soi est le premier secret du succès »
Ralph Waldo Emerson

En réalité tout est une question de confiance en soi et l'on ne peut être pleinement heureux si l'on ne détient cette clé. Je vais développer plus longuement, mais d'abord prenons cet exemple: Connaissez vous l'émission « le Grand perdant » ? « The big loser » en Anglais (imaginez le cynisme de celui qui a trouvé ce titre à double sens et dont le premier sens est plus que dégradant) !

Dans cette emission, 2 coaches super beaux et musclés comme il se doit, sillonnent les Etats-Unis pour annoncer à des candidats, présélectionnés qu'ils auront le privilège de souffrir le martyr sous leur direction, mais qu'ils auront gagné, à ce prix, la silhouette de leur rêve.

Les candidats sélectionnés sont des cas d'obésité extrême, et ont les problèmes de santé qui en sont la conséquence. Tous, ont aussi une histoire tourmentée, une enfance ou une adolescence marquée par un drame qui a été le déclencheur de leur état d'obésité. Tous ont perdu ou n'ont jamais eu confiance en eux. Ils se présentent totalement vulnérables, avec une très très mauvaise opinion d'eux-mêmes.

Voici mon propos : j'aurais cru que cette émission, en exposant aux gens les tenants et aboutissants de cet état d'obésité, leur permettrait de réaliser qu'une personne en surpoids est une personne QUI est en surpoids mais qu'elle existe en dehors du surpoids, que son essence est là, belle et bien présente.

Délivrer cette personne de ces kilos (avec l'aide des coachs, médecins, nutritionnistes, chirurgiens esthétiques) laisse apparaître alors, la même personne, mais en version mince.

Mais regardez bien les spectateurs qui observent le dénouement, lorsque le candidat a atteint le Graal, c'est-à-dire le poids, la minceur prônée par la société, les spectateurs regardent alors le candidat comme s'ils découvraient, subitement, que sous cet amas de graisse, ou plutôt sous cette carapace de graisse devrais-je dire, se nichait un être, un être humain !!!

On l'encense alors, on l'entoure, on l'admire, on l'applaudit, comme pour lui dire : « Bienvenue dans le genre humain ! Bravo, félicitations, tu as mérité ta place parmi nous ! »

Je ne me mets pas au dessus du lot : c'est en analysant mes propres réactions que j'ai compris que je réagissais comme les autres ; car, oui, les personnes rondes, elles aussi, éprouvent ce sentiment de malaise face à des personnes extrêmement obèses, à la différence qu'elles, en plus, envient le nouveau converti et se culpabilisent de ne pas avoir la VOLONTE de faire de même ! Toujours cette sacrée volonté ! On nous l'a répété maintes et maintes fois : ce n'est qu'une question de volonté et nous l'avons accepté. Si nous n'y arrivons pas, c'est que nous manquons de volonté !

Et alors ? Même si c'était le cas, manquer de volonté de maigrir ne veut pas dire manquer de volonté en tout! Ce sont deux choses bien distinctes et pourtant, l'amalgame entre les deux est courant !

Ce n'est pas parce que je manque de volonté face à un moelleux au chocolat que je manque de volonté dans mon travail, quand il s'agit d'aider les autres, quand je dois aider à améliorer la vie de mes proches, embellir ma maison, faire du sport ou que sais-je ? Les donneurs de leçon se calmeraient bien vite s'ils se posaient la question dans ces termes !

Ceux qui sont minces de nature, eux, n'ont pas à faire preuve de volonté dans CE domaine et les autres, qui ont trouvé la motivation pour ça, ont-ils autant de volonté pour le reste ?

Tenez, moi, par exemple, je n'ai pas de poils, ou plutôt, si, j'en ai et ils sont là et font leur travail de régulateur de la chaleur du corps comme pour tout le monde. Mais voilà, on ne les voit pas. Ils se font discrets, je n'ai à faire aucun effort pour toujours avoir les jambes lisses, et mes jambes n'ont jamais aperçu un rasoir de leur vie.

Est-ce pour autant que je m'en enorgueillis ? Non ; c'est un état de fait auquel je n'ai apporté aucune contribution; je ne critique pas tous les poilus que je croise au motif qu'ils ne sont pas parfaitement épilés: ce serait d'une hypocrisie et d'une stupidité sans nom ! Et pourtant, c'est ce que certains « minces sans efforts » font envers nous et personne n'y trouve rien à redire, on trouve ça parfaitement normal !

Mais, et pour conclure cette première partie de manière vengeresse, je dirais ceci : les personnes rondes, fortes, grosses, obèses, choisissez le terme qui vous convient le mieux, ont quand même cet avantage sur certains minces : trop gros ? Un régime et ça peut s'arranger ; trop con ? Il y a des chances qu'on le reste à vie !

Internet, c'est parfois la foire à la vanité, à la méchanceté devrais-je dire : conseils, insultes, jugement, regards malveillants ! Savent-ils, ces gens, que plus de la moitié des ados voudraient changer leur silhouette pour être conformes aux « normes » ? Connaissent-ils les ravages que leur méchanceté peut causer auprès de ces jeunes qui se construisent qui sont leur venin, très fragile parfois ?

Certains minces voudraient qu'on soit comme eux. Les gros, eux, veulent juste qu'on leur foute la paix, qu'on les laisse cheminer tranquillement dans leur vie et avoir accès à leur part de bonheur.

Nous avons déjà du mal à y arriver seuls, car nous sommes nos premiers juges et nous ne sommes pas tendres avec nous même ; alors, les mépris, les jugements, on peut s'en passer !

Dieu merci, Internet offre aussi du réconfort aux femmes fortes notamment, grâce aux blogs des filles rondes et épanouies qui savent et vous apprennent à tirer le meilleur parti de leurs rondeurs ;

Personnellement, je les ai découvertes depuis peu, et, sincèrement, je m'observe avec beaucoup plus de sympathie depuis que j'ai fait leur connaissance. Vanoue, Monique, Pepper, Rebecca, Coco, Sarah-Anne, Bella........ et les autres, je vous remercie : vous faites un travail formidable et vous prouvez encore une fois, que tout peut être embelli.

Chapitre 15

Miroir, mon beau miroir, suis-je la plus belle?

« Le bonheur n'est pas dans la recherche de la perfection, mais dans la tolérance de l'imperfection «
Yacine Bellick

Et d'abord, qu'est-ce-que la perfection? Sinon un fantasme né de nos désirs subjectifs ?

J'écoutais récemment une animatrice télé, assez connue, grande, mince, et qui correspond parfaitement aux critères de beauté actuels. Elle répondait à une interview et disait que ce n'est que très récemment qu'elle avait pu s'autoriser à porter un mini short parce qu'elle ne trouvait pas ses jambes assez parfaites pour ça! Vous vous rendez compte ? Quand j'ai entendu ça, j'ai halluciné! Puis, j'ai éclaté de rire pour deux raisons :

1 - A vouloir rechercher la perfection, on se complique vraiment la vie, on se fixe un objectif difficilement atteignable (en tout cas, dans un domaine comme celui-ci : je vous ai déjà parlé de tous ces mannequins complexées) et on se prive, ce faisant, de beaucoup de sérénité, et de joie ;

2 - Je me suis dit que, paradoxalement, bien des rondes n'ont pas ce problème, parce que, à la différence des minces, celles qui osent le mini-short sont bien dans leur peau.

Certaines minces qui portent des mini-shorts sont focalisées sur le regard des autres, alors que toutes les rondes qui portent des mini-shorts privilégient leur propre regard sur elles mêmes.

Je vis aux Antilles et c'est flagrant ! J'ai pu constater que la plupart des femmes rondes s'assument et s'habillent exactement comme elles veulent, persuadées qu'elles sont belles ainsi et que si quelqu'un a à y redire, il peut bien aller se faire voir. Alors, quand la maman d'une amie de ma fille m'a dit qu'elle n'osait plus se mettre en maillot deux pièces parce qu'elle ne se trouvait pas parfaite (elle doit peser cinquante kilos toute mouillée et est parfaitement proportionnée), je me suis dit qu'il y a vraiment quelque chose de pourri au royaume de Danemark !

Ces femmes rondes qui, le matin, ont mis leur mini-short, se sont regardées dans le miroir, se sont trouvées belles, ont adopté cette tenue pour sortir et sont contentes d'elles-mêmes, je les admire ! A ce jeu là, les moins complexées, minces ou rondes, seront toujours gagnantes ! Imparfaites aux yeux des autres, elles sont parfaites à leurs propres yeux, et je crois que c'est bien l'attitude à adopter !

La règle d'or de la conduite est la tolérance mutuelle, car nous ne penserons jamais tous de la même façon ; nous ne verrons qu'une partie de la vérité, et sous des angles différents, Gandhi.

Chaque personne est unique, même les jumeaux sont différents, ont des goûts parfois totalement opposés : alors, pourquoi persister à se conformer à une image imposée, alors qu'on a la chance incroyable de pouvoir choisir d'être soi ?

Votre vie vaut autant que n'importe quelle autre vie !

Vous avez des dons, des capacités, des talents qui n'appartiennent qu'à vous. Choisissez de vous concentrer sur ces dons, vous aurez tout à y gagner ; vous n'aurez plus le temps de vous préoccuper de la méchanceté des autres et vous donnerez à voir votre éclat, vos talents et pas autre chose.

Franchement, allez voir Beth Dito sur scène et, en trois secondes, vous aurez, soit oublié ses rondeurs, soit vous les trouverez sublimes. Nous n'avons pas toutes vocation à être des rock stars, ok, mais les talents dont je parle peuvent revêtir n'importe quel aspect. J'ai connu une dame qui était assistante maternelle, et qui inspirait amour et bienveillance à toutes les personnes qui l'approchaient parce qu'elle même rayonnait d'amour, de tendresse, de bienveillance. Pas seulement pour les petits dont elle avait la garde, mais pour tout le monde. Suivre cette femme au marché revenait à avoir l'impression d'être derrière une semeuse de sourires. Qui remarquait son surpoids, pourtant très prononcé ? Personne ! Sa bonté faisait contrepoids.

L'une des plus belles rencontres de ma vie concerne ma très chère amie, rencontrée à l'université de Rennes, et perdue de vue aujourd'hui. Elle était, à l'époque, assez forte, mais ne s'en excusait pas en étant aimable avec tout le monde. Elle l'était naturellement, et rayonnait de beauté intérieure et extérieure (c'est avec elle que j'ai compris le sens de cette formule tellement galvaudée !)

Son surpoids était sûrement lié à un traumatisme d'enfance sur lequel elle ne s'est jamais étendue, elle transcendait ça par un amour profond des êtres humains ou des animaux. Elle avait en elle une forte volonté d'aider les autres et de créer de la joie autour d'elle.

Comme vous l'aurez compris, je l'admire beaucoup. Elle reste, parmi toutes les excellentes amies que je me suis faite lors de mes années d'études universitaires, ma plus belle rencontre, l'une des plus belles de ma vie, en fait.

Nous nous devons d'être tolérants envers les autres.

Nous avons aussi notre responsabilité dans la façon dont les autres nous perçoivent et ceci est valable, qu'on soit gros ou non. Ce que les autres nous renvoient, c'est ce que nous avons en nous et que nous projetons. Je développerai ce point dans le chapitre suivant.

Comment se faire aimer des autres quand on ne s'aime pas soi-même ? Si les autres vous renvoient une image négative, c'est parce que nous avons nous même déjà accepté ce fait comme étant réel ! Nous nous devons d'être tolérants envers les autres.

Nous nous voyons gros, moches, sans volonté, nous nous sentons inférieurs aux autres ; c'est ce que nous projetons, les autres l'attrapent au vol, et nous le renvoient !

Notre responsabilité est alors de rectifier le tir. Les remarques de nos parents dans notre enfance ont peut-être été le fil conducteur de ce manque d'amour pour soi, mais vous savez quoi ? Quel que soit votre âge, votre condition, vous pouvez à tout moment décider de changer ça. Je ne dis pas que ce sera facile, vous vous êtes forgé des gros circuits neuronaux de négativité pendant des années! Mais maintenant, il faut faire l'apprentissage de la tolérance envers vous-même. C'est comme si vous aviez l'habitude d'écrire de la main droite depuis toujours et qu'aujourd'hui, pour une raison ou une autre, vous deviez vous servir uniquement de votre main gauche.

Ce sera difficile, il faudra reprendre les bases, tout réapprendre, il faudra répéter, encore et encore, apprendre à se voir de manière positive, rejeter systématiquement les mauvaises pensées sur votre poids, les paroles des autres. Vous focaliser sur vos qualités, physiques ou morales et si par inadvertance une pensée mauvaise se faufilait dans votre esprit, la remplacer immédiatement par une autre, opposée. Vous progresserez, vous prendrez confiance en vous, et, petit à petit, avancerez vers votre vie à vous.

Chapitre 16

Croire en soi, et s'aimer

« Une des clés du succès est la confiance, une des clés de
la confiance est la préparation »
Arthur Ashe

Arthur Ashe était un grand champion de tennis, et
quand il a dit ça, il parlait probablement de sport.

Mais vous savez quoi mes amies ? Pour vous qui
avez décidé de vous redresser, de vous accepter, en
fonction de l'étape à laquelle vous êtes
actuellement, vous aurez plus ou moins d'obstacles
à franchir ; mais ça vaut toujours le coup car le
trophée final , la récompense ultime, est la
confiance en soi trouvée ou retrouvée.

Pour ça, Youtube est un outil formidable. Les
Américains, qui mettent le business avant tout, et
qui ont aussi une population en surpoids importante,
ont compris tout le potentiel financier qu'ils
pouvaient en tirer. Quelles que soient leurs
motivations en tout cas, le résultat paradoxalement,
est que cette population à beaucoup d'outils à sa
disposition pour se mettre en valeur et se sentir
bien. Des marques de vêtements, d'accessoires de
toutes sortes réservées aux « plus size » par

exemple ; et ce ne sont pas que de gros sacs informes sombres (le noir, ça mincit vous comprenez!), sans style, sans fantaisie !

Je conseille à toutes les adolescentes mal dans leur peau de ronde de jeter un coup d'œil sur leurs défilés, et vous vous verrez autrement en voyant des mannequins, miroirs de vous même sur scène, superbes ! Ou faites des recherches sur Internet, avec le mot « curvy » et s'ouvrira alors à vous un supermarché de beauté. Vous vous y retrouverez forcément car il y a des beautés de tous styles, toutes tailles, toutes couleurs, toutes morphologies, mais avec un point commun : leur beauté et leur confiance en elles.

Vous verrez des défilés à n'en plus finir avec de jolies coupes, des couleurs, des motifs, des rayures, il y en a pour tous les goûts ! Vous verrez enfin toutes ces bloggeuses, super jolies, certaines sont passées par où vous passez actuellement et toutes mettent leur cœur à vous aider à vous sentir mieux en vous donnant les astuces pour vous mettre en valeur.

Elles vous parleront de créateurs qui aiment sincèrement les rondes et mettent leurs talents à leur service.

Tout ceci a contribué pour moi, à augmenter ma confiance en moi, à m'apaiser, à me donner l'envie de m'accepter telle que je suis et à aimer mon corps, tout simplement.

Je suis sur le chemin en tout cas. Je n'ai pas encore totalement atteint le but ultime de la confiance totale en soi, celle que j'avais perçue chez ma belle inconnue, mais quand je regarde en arrière et que je vois le chemin parcouru, je sais que pour rien au monde je ne voudrais me retrouver dans les états dans lesquels je me mettais à une époque, face au reflet de mon miroir.

Je maîtrise de mieux en mieux mes atouts et apprend à les mettre en valeur, ou plutôt je réapprends, puisque je le faisais très bien à une époque lointaine.

Lorsqu'on me fait un compliment, je ne réponds plus : « N'importe quoi », ou « Ah bon, tu crois? » mais « Merci, c'est gentil ! »

Lorsqu'il s'agit d'une remarque blessante, je regarde si la personne en question est qualifiée pour ça et pour être qualifiée, il faut être parfait : moralement et physiquement, ce qui disqualifie d'office la personne quelle qu'elle soit, de par la méchanceté même de sa remarque: fin de l'histoire !

Observez les personnes qui ont confiance en elles, en fait, elles s'aiment suffisamment pour comprendre qu'elles méritent d'être aimées, et ceux qui ne les aiment pas, soit elles ne tiennent pas compte de leur avis, soit elles les font sortir de leur entourage. La confiance en soi donne une force énorme et personne n'a jamais fait quelque chose de grandiose sans elle. Elle autorise à être déraisonnable, à sortir des sentiers battus, à être différent, à ne laisser personne prendre des décisions à votre place. On reste ouvert aux conseils des autres, oui ; mais au final, on décide soi même. Il faut arriver au niveau où on est capable de choisir soi même (de se trouver jolie en ronde par exemple), sinon, ce sont les autres qui décident pour vous. Or, personne ne doit décider pour vous si vous pouvez faire telle ou telle chose !

Bien sûr, votre famille, vos amis prendront toujours votre défense, mais qui au final éprouve dans sa chair la méchanceté des autres ? C'est vous ! C'est donc votre attitude à vous qui aura le plus d'influence sur votre bien-être. C'est à vous de défendre votre droit à exister, ne laissez pas la méchanceté des autres détruire votre estime de vous même ! Arrêtez de donner aux autres un pouvoir aussi exorbitant sur vous. En faisant cela, vous leur donnez la clé de vos émotions.

Dites-vous bien que le mal-être que vous éprouvez du fait de votre surpoids, raisonne en beaucoup d'autres personnes : vous vous sentez mal parce que vos kilos vous pèsent, d'autres se sentiront mal du fait de leur couleur de peau, de leur petite taille, de leur grande taille, de leur nez trop long ou trop petit, ou autre chose encore. Personne n'est parfait : accordez-vous une pause. Si vous pouvez vous regarder dans le miroir et voir une personne bien, le reste a peu d'importance ; si vous arrivez à rendre la vie d'autres personnes meilleure, c'est gagné !

Voilà ce que disait Steve Job lors d'un joli discours prononcé à Stanford, la célèbre université : « Votre temps sur Terre est limité, alors, ne le gaspillez pas à vivre la vie d'autres personnes, de ceux qui vous disent comment vous devriez être. Ne laissez pas le bruit des autres étouffer votre voix intérieure....Suivez votre intuition, car elle sait déjà où vous devez aller, tout le reste est secondaire ».

Alors, aimez-vous parce que vous le méritez, sans considération pour ce que pensent les autres. Vous êtes responsables de votre caractère, de votre attitude, oui, mais pas de ce pensent les autres.

Comme disait une de mes amies, très sûre d'elle : « Tu mettrais 100 personnes devant moi et tu leur demanderais leur avis sur moi, tu aurais probablement 100 réponses différentes ! Alors, pourquoi devrais-je privilégier l'une de celles-là, alors que je peux juste choisir la mienne? »

Quand vous aurez compris que ce que pensent les autres de vous ne vous définit pas, vous aurez fait un grand pas vers la confiance en soi. Car, en plus, lorsqu'une remarque est bienveillante et vient de quelqu'un qui vous aime, on fait la différence.

La critique constructive, oui.

La critique destructrice, non.

Ce qui m'amène à cette citation qui introduit le chapitre suivant.

Chapitre 17

Je suis moi, et je suis unique

« L'important n'est pas ce qu'on a fait de nous, mais ce
que nous même nous faisons de ce qu'on a fait de nous »
Jean-Paul Sartre

J'adore cette citation ! Elle résume vraiment à elle
seule ce que je veux partager avec vous dans ce
livre. Cette citation parle des autres et de nous, elle
parle de ce que les autres pensent de nous et de
notre capacité à transcender leur jugement. Elle
parle du pouvoir des autres sur nous et du fait que la
décision finale nous revient, toujours. Elle parle du
fait que, si les autres s'arrogent le droit de nous
dicter notre conduite, nous avons le choix d'accepter
ou non leurs ordonnances. Elle parle de notre
responsabilité à nous, indépendamment des autres, à
prendre le pouvoir sur nos émotions, comme je le
disais plus haut.

La question à se poser est : qui suis-je ? Lorsqu'on
aura répondu à cette question, on saura comment
diriger nos pensées, nos actions, puisqu'alors, nous
n'aurons qu'un seul but: notre accomplissement. Il
ne s'agira pas alors d'un chemin bordé de roses, non.
Nous rencontrerons sur notre route des critiques,
des vexations (y compris nos propres pensées) les

conseils toxiques de nos proches qui ne veulent que notre bien. Mais on aura compris que nos sentiments ne sont que de passage et qu'il faut les laisser aller. On s'en détachera petit à petit.

En fait, nous sommes nos plus féroces ennemis. Accorder de l'importance à ce que disent certains, prouve notre manque d'estime pour nous même. Or, ces quelques personnes se focalisent à ce point sur notre poids, c'est que ça fait raisonner quelque chose en eux qu'ils n'aiment pas et qu'ils nous renvoient en pleine face. Alors, pourquoi leur faire ce plaisir ? Leur permettre de se rassurer à nos dépends ? Ils ont eux-mêmes leurs défauts et leurs névroses, soyez en certains !

Quand je me sens agressée par le regard des autres ou par la remarque de quelqu'un, maintenant, je fais cette visualisation, essayez également cette méthode: c'est devenu mon mètre-étalon pour savoir si cette émotion est une piqûre que je m'impose moi-même ou si elle vient des autres. Alors, je m'imagine vivant seule comme une ermite, dans un endroit désert où les seuls regards sur moi seraient ceux d'une biche ou de poules. Aucune chance donc, que les êtres vivants avec lesquels je vis me jugent. Me sentirais-je alors trop grosse ? Trop moche ? Si la réponse est un grand éclat de rire, alors, tout va bien. Si la réponse est « oui, vraiment, là, tu es essoufflée, au moindre effort, tu peines à parcourir les distances qu'auparavant tu avalais d'un pas allègre », alors, là, je sais que je dois me remettre sérieusement au sport et revoir mon alimentation. Mais alors, je le fais pour moi, pour ma santé et mon bien-être. Ça n'a rien à voir avec le regard des autres et tout le bénéfice m'en revient : corps et esprit.

Chapitre 18

Conversation imaginaire avec ma belle inconnue

« Le bonheur ne s'acquiert pas, il ne réside pas dans les apparences. Chacun d'entre nous le construit, à chaque instant de sa vie, avec son cœur »
Inconnu

-   Bonjour « Happy curves »

Elle éclata de rire, surprise du surnom que je lui avais donné.

-   Quel joli nom vous m'avez trouvé !
-   En fait, c'est ainsi que je vous représente dans mon imaginaire depuis que je vous ai vue à ce mariage ce fameux jour ! Vous êtes magnifique !
-   Merci pour le compliment !
-   Savez-vous pourquoi j'ai demandé à vous rencontrer ?
-   Euh, pas vraiment.
-   Vous ne vous en doutiez pas ? Un peu ?
-   En fait, peut-être un peu. J'ai acheté votre livre, je l'ai lu et aimé, mais c'est en discutant avec une amie qu'elle m'a fait remarquer que l'inconnue du livre pourrait être moi, car elle m'a toujours envié ma

confiance en moi. Elle avait raison ? C'est bien ça ?

J'eus un grand sourire et lui répondis :

- C'est exactement ça ! Savez-vous que vous avez changé ma vie ? Et de bien des manières ?
- J'en suis flattée, mais je n'en reviens toujours pas !
- Et pourtant, c'est vrai ! C'est vous qui m'avez inspiré ce livre. Je le disais dès le début, j'ai toujours aimé regarder les belles femmes. Et vous, dès le début, c'était spécial. Il émanait de vous une telle assurance, mêlée de sensualité, une sensualité tranquille. On ne vous a jamais dit ça ?
- Si, peut être pas comme ça, mais ce qui est sûr, c'est que je reçois autant de compliments des hommes que des femmes.
- Ça ne m'étonne pas et je comprends parfaitement ça Il n'émane de vous aucune agressivité sexuelle. Ce n'est pas du style « Oui, je sais, je suis plus belle que vous et je vous emmerde » !

Elle éclata de rire, d'un grand rire franc et sonore.

- Vous, c'est du genre : « Je suis bien dans mon corps. Je m'aime. » Point.

Elle rit encore.

Son rire raisonna à mes oreilles comme celui

d'un enfant espiègle.

- Bon, Happy Curves, j'ai plusieurs questions pour vous, dont la première, toute simple: avez vous toujours été cette jolie ronde ?
- Oui, du plus loin que je m'en souvienne, et même au-delà, puisque les photos de moi bébé me montrent toute potelée. Vous savez, le genre de photos qu'on prenait à l'époque dans un studio-photo. Le photographe avait d'ailleurs demandé à ma mère la permission d'encadrer ma photo et de la garder. Ma mère accepta et c'est ainsi que je me retrouvai en vitrine dans un petit studio-photo en plein centre ville pendant des années ! Ce n'est que le jour de mes 18 ans que mon père demanda au photographe de l'enlever, car, disait-il, j'avais maintenant un droit de regard sur mon image !

Elle éclata encore de rire

- Et quelle petite fille avez-vous été ?
- Une petite fille rieuse ; j'avais 2 frères et deux sœurs ; mes 2 sœurs étaient un peu ronde, mais sans plus. Mes frères, eux étaient très minces. Dans la fratrie, j'étais définitivement la plus ronde
- Comment est-ce que c'était perçu dans la famille ?
- Ben...ça passait inaperçu justement, je n'ai jamais eu de remarque, enfant, à la maison, sur mon physique. J'étais enjouée, gaie, pleine de vie

- Vos parents n'avaient pas peur que vous grossissiez trop ?
- Non. Je ne l'ai jamais senti, en tout cas ! Je bougeais, je faisais de la danse ; les heures de télé étaient très réglementées, ce qui ne nous dérangeait pas plus que ça. Nous avions de nombreuses activités. Peut-être que ça aurait été différent si j'avais eu une vie plus passive ;
- Et comment s'est passée votre adolescence ?
- Ce qui me revient en premier, c'est que j'ai eu de la poitrine plus vite que ma sœur qui avait un an de moins que moi et avant mes copines. Le seul inconvénient, c'était quand je faisais du sport. Cette poitrine, un peu lourde, me pesait alors et je me rappelle que, lors des courses de relais au collège, j'avais le bâton dans une main et l'autre bras soutenait ma poitrine afin que mes seins ne ballottent pas trop. Imaginez la scène, dit-elle en souriant. En revanche, je faisais l'envie de mes camarades de classe qui se languissaient de leur poitrine qui tardait à se pointer. J'étais l'objet de regards appuyés de la part des garçons de ma classe et ça m'amusait plutôt !
- Ça vous amusait ! C'est incroyable comment une même situation peut être vécue différemment ! Moi, j'ai vécu l'arrivée précoce de ma poitrine de façon opposée. Je vivais les regards masculins comme une agression et je me bandais la poitrine pour

continuer à ressembler aux autres filles de ma classe ! Surtout, ne pas sortir du lot !

- Moi, très tôt, reprit Happy Curves, j'ai compris que j'étais unique ! Nous étions cinq enfants très différents les uns des autres et nos parents, notre mère notamment nous aidait vraiment à cultiver nos personnalités respectives. Le fait d'avoir cette différence par rapport aux autres filles de mon âge n'était donc qu'une différence supplémentaire qui me caractérisait, c'est tout. Quand j'étais au cours de danse, mon problème n'était pas que j'avais plus de seins que les autres, non ! Mon problème était que ça me freinait dans certains mouvements, les sauts notamment : que du pratique, donc !

- Votre vie a toujours été un long fleuve tranquille alors ?

- Pas tout à fait quand même. Avec cette poitrine, très lourde et qui continuait à grossir, j'ai quand même fini par en avoir marre ! Comme je vous le disais, je faisais beaucoup de sport, et ça me freinait dans mes mouvements. En plus, on ne trouvait pas aussi facilement qu'aujourd'hui de soutiens-gorge jolis et solides ! Soit ils étaient jolis et ne soutenaient rien du tout, soit ils vous harnachaient la poitrine mais étaient hideux !

- Comment avez-vous finalement géré ce problème, si toutefois, on peut l'appeler ainsi ?

- En fait, c'est ma première grossesse et l'allaitement qui m'ont réconciliée avec ma poitrine. La période de l'allaitement pour mon premier enfant avait été une période de bonheur intense ! Ma poitrine avait doublé de volume, je la trouvais paradoxalement magnifique à ce moment là ! Je lui étais reconnaissante de fournir tant de lait à mon bébé ! J'en avais tellement que j'avais même accepté d'en fournir pour d'autres bébés fragiles de l'hôpital. Je sais que toutes les femmes n'adhèrent pas à l'allaitement et je peux parfaitement le concevoir. Mais moi, j'ai adoré cette période. Ça a été pareil pour mon deuxième enfant.

Elle se mit à rire :

- Une vraie vache à lait, mais une vache à lait consentante et heureuse.
- Encore une fois, vous nous démontrez qu'il faut juste savoir prendre le problème par le bon bout pour trouver les solutions ! Vous n'avez donc jamais fait de régime ?
- Bien sûr que si ! C'est tentant quand même ! Tous les printemps, à l'approche de l'été, ces dizaines de couvertures de magazines et leur « Spécial maillot » qui résonnent comme un reproche de laisser-aller si on n'obéit pas à leur injonction !
- Quel régime avez-vous essayé ?
- Oh, je ne sais même plus ! Quelques-uns, selon la mode du moment, mais je les faisais sans beaucoup de convictions !

- Ça vous arrive encore d'en faire?
- Ah non alors ! Plus du tout !
- Qu'est-ce-qui vous a fait arrêter les régimes alors ?
- Plusieurs choses: d'abord, l'un de ces régimes m'a fait perdre 8 kg et là, mon mari a dit « stop » ! Il m'aimait telle que j'étais et en plus trouvait que les régimes me mettaient de mauvaise humeur ! D'autre part, j'avais remarqué que lorsque je faisais du sport comme d'habitude et mangeais à ma faim, je ne grossissais pas. En plus, après 1h30 de sport, à transpirer, on a moyennement envie d'engloutir une cochonnerie qui va balayer vos efforts en dix secondes ! À un moment, il faut être logique avec soi-même ! (rires). Enfin, lors d'un voyage aux Etats-Unis, j'ai découvert des rondes totalement décomplexées et là : terminé ! La boucle de ma période « complexée » a été bouclée ! J'ai décidé de redevenir la jolie ronde assumée que j'étais !
- Ça se décide comme ça, vous croyez ?
- Je ne crois pas, je sais, puisque c'est ce que j'ai fait ! A partir du moment où j'ai eu le déclic, je me suis regardée autrement ! Dans le miroir, mon regard ne croise plus que mes atouts, que j'ai appris à mettre en valeur. Dans la rue, je repère tout de suite les jolies rondes assumées. Vous savez, comme lorsque vous êtes enceinte, vous voyez des femmes enceintes partout ? Eh bien, c'est la même chose! Je m'inspire

parfois de leur style, je déniche des idées, des associations inattendues. Toutes ces jolies filles existaient avant, mais je me focalisais sur les silhouettes filiformes, et me comparait à elles, à mon détriment, évidemment !

- Et au niveau de l'alimentation, que faites-vous ?
- Je suis quand même assez gourmande, je mange de tout ; je suis plus salée que sucré et j'aime les plats en sauce. Un ami, médecin m'avait parlé du régime qu'il préconisait, le régime BLM qui veut dire : « Bouffe La Moitié » !

Elle partit d'un fou rire.

- Je vous assure, il parlait sérieusement ! Et ce n'est pas bête du tout comme conseil ! En fait, beaucoup d'entre nous ne savent plus à quel moment ils arrivent à satiété. On se sert et on finit son assiette, en se servant moins dès le début, on se rend compte qu'on en a eu assez.
- Vous mangez de tout donc ?
- Oui, je fais mon équilibre alimentaire sur la semaine et non pas sur la journée, ça me permet de me faire plaisir sans culpabiliser en sachant que je serai plus raisonnable un ou deux jours plus tard. Le dimanche, pour les repas familiaux, je dresse de belles tables avec entrée, plat et dessert. Je m'autorise glace ou gâteau, mais pas n'importe lesquelles ! Tant qu'à s'offrir une

glace, autant prendre de la qualité ! D'autre part, par choix personnel, je mange très peu de viande.

- Que faites-vous comme sport ? Et à quelle fréquence ?

- J'aime bien marcher, tôt le matin quand je suis en vacances ou le dimanche matin. J'aimerais passer au jogging, mais bon ça viendra en son temps. Je vis au bord de la mer, donc, quand j'y vais je nage une demi heure avant de me faire la planche, me laisser porter par l'eau en y laissant tous mes soucis du moment. Enfin, j'ai un abonnement dans une salle, mais j'avoue que c'est plus pour les cours de zumba que j'y vais (deux à trois fois par semaine). Donc, vous voyez, rien d'extraordinaire ; juste un entretien qui devient une habitude.

- Que pourriez-vous rajouter à nos lectrices concernant votre alimentation ?

- En fait, c'est simple : comme j'aime mon corps, je refuse de lui faire subir ce que je ne ferais pas subir à un ami. C'est logique non ? Je n'envoie pas à mon estomac des tonnes de boulot en l'obligeant à digérer tout et n'importe quoi à n'importe quel moment de la journée et en quantité ! Je me dis que je ne m'amuserais pas à remplir mon salon de toutes les saloperies que je trouverais à l'extérieur, ordures comprises, pour ensuite, m'y atteler, trier, et jeter. Alors, pourquoi imposer ça à mon estomac ! J'ai une façon très imagée de voir les choses, comme vous voyez ! (rires)

- Et vos sœurs ? Elles ont eu le même parcours que vous ?
- Étant très peu rondes au départ, et ayant compris les tendances à grossir des filles dans la famille, elles ont été intelligentes et ont choisi très tôt, de faire attention. L'une est végétalienne, plutôt par choix éthique : elle estime que consommer viande et poisson revient à cautionner la maltraitance dont ceux-ci sont victimes pendant leur élevage ou leur capture. Je crois que son mode d'alimentation a contribué à résoudre le problème : aujourd'hui, elle est filiforme. L'autre se maintient avec le sport notamment. De temps en temps, elle fait un régime ponctuel pour perdre quelques kilos, mais elle se sent bien dans sa peau et ne se prend pas la tête.
- Et vos enfants ?
- Ils ont tous les deux une légère surcharge pondérale. Je pense qu'on a cette tendance dans la famille, car mes cousines sont toutes fortes ! J'espère leur donner le bon exemple de par mon mode de vie et ma joie de vivre.
- Ça, j'en suis sûre, Happy curves !

Elle sourit.

- En tout cas, je fais très attention à leur apprendre la tolérance et à s'aimer ! Pour moi, c'est le plus important ! C'est ça qui fera d'eux des gens bien ou pas, et c'est mille fois plus important que quelques kilos en trop ! Quand je veux vraiment qu'ils se modèrent un peu, notamment pendant les vacances où ils voudraient prendre des glaces matin, midi, et soir, je leur montre l'exemple de leur grand-mère qui, à soixante seize ans, fait toujours sa gym matinale, mange sainement et a une pêche du tonnerre ! Ils comprennent en général, sauf quand, au marché, alors qu'il y a de superbes fruits sur des étalages géants, ils la voient systématiquement se diriger vers la petite mémé, au pied d'un arbre, avec sa petite table en bois sur lesquelles sont disposées de façon disparate, quelques pommes pas très jolies, 2 plateaux d'œufs, quelques bouteilles de cidre et un panier de légumes d'un vert mat plus que brillant, et des tomates de toutes formes. Tout ça, bien sûr, étant sa petite production maison. Ça me fait plutôt sourire parce que j'ai vu ma mère faire ça pendant des années sans en comprendre le sens non plus ! Désolée, c'était à une époque où ne parlait pas encore beaucoup de bio, et je ne savais pas qu'elle avait tout compris avant les autres !

- Eh bien, bravo Happy Curves, vous êtes un exemple pour bien des femmes !

- Je les encourage toutes à se regarder dans la glace avec amour : lorsqu'on s'aime, on n'a pas envie de se faire du mal. J'ai eu la chance d'être aimée et encouragée par mes parents, ça m'a permis de m'aimer aussi, et aujourd'hui, j'essaie d'en faire autant avec mes enfants.

- Un dernier conseil pour nos lectrices ?
- L'un des seuls vêtements que je pensais totalement interdit aux femmes rondes, c'était la salopette. Je pensais ce vêtement définitivement réservé aux filles minces et ça ne souffrait aucune contradiction, jusqu'au jour où j'ai vu ce vêtement magnifiquement porté lors d'un défilé pour femmes fortes à Boston ! Le mannequin était sublime dans sa tenue ! Et voilà où je veux en venir: les portes, c'est nous mêmes qui les fermons plus souvent que les autres. Nous nous refusons certaines possibilités, nous nous limitons toutes seules. Le regard des autres sur notre physique, lorsqu'il est dénué de toute sympathie, ne compte pas. Aujourd'hui, je ne saurais même pas dire si réellement je n'ai que des regards admiratifs posés sur moi ou pas (ça m'étonnerait quand même!), c'est juste que je ne les vois pas, c'est comme ça et c'est tant mieux !
- Merci Happy Curves pour cet entretien qui sera, je suis sûre, une source d'inspiration pour bien des femmes! J'ai vraiment été ravie de cette rencontre ! Vos propos reflètent vraiment le ressenti que j'ai eu la première fois que je vous ai vue ! Merci encore !
- Merci à vous !

Voilà : j'ai commencé ce livre par une citation de Gisèle Bündchen et je le terminerai par une autre de ...Gisèle Bündchen ! Oui, je sais vous allez me vouer aux gémonies pour ça ! Oser citer GB, qui est le top-model numéro un, celle qui nous nargue en couverture des plus grands magazines et qui est l'archétype de l'idéal que nous n'atteindrons jamais? Oui, je sais tout ça, mais écoutez la plutôt :

« La vraie beauté, c'est ce que l'on dégage. Si l'on dégage du bonheur, du soleil, si on s'aime un peu soi-même, le regard que les autres posent sur vous, sera infiniment plus indulgent.»

Alors, vous en pensez quoi ? Elle a bien mérité qu'on lui accorde une petite place à côté de nous non ?

Fin

www.ingramcontent.com/pod-product-compliance
Lightning Source LLC
Chambersburg PA
CBHW071159130626
46555CB00004B/1519